L'univers vivant

Melvin et Gilda Berger

Texte français d'Isabelle Montagnier

Éditions
SCHOLASTIC

Photographies : Couverture : Rex Butcher/BUTCH/Bruce Coleman Inc.; p. 1, 3-5 : Dwight Kuhn; p. 6 :
N. Myres/Bruce Coleman Inc.; p. 7 (les deux images), 8 et 9 : Dwight Kuhn; p. 10 : Darrell Gulin/Dembinsky Photo
Assoc.; (en médaillon) Rod Planck/Dembinsky Photo Assoc.; p. 11 : Mark J. Thomas/Dembinsky Photo Assoc.;
p. 12 et 13 : Dwight Kuhn; p. 14 : Susan Van Etten/PhotoEdit; p. 15 : David Young-Wolff/PhotoEdit; p. 16 : Dwight Kuhn
Recherche de photos : Sarah Longacre

Catalogage avant publication de Bibliothèque et Archives Canada

Berger, Melvin

L'univers vivant / Melvin et Gilda Berger ;
texte français d'Isabelle Montagnier.

(Lire et découvrir)
Pour les 4-6 ans.
ISBN 978-1-4431-0350-3

1. Biologie--Ouvrages pour la jeunesse. I. Berger, Gilda II. Montagnier,
Isabelle, 1965- III. Titre. IV. Collection: Berger, Melvin. Lire et découvrir.

QH309.2.B4714 2010   j570   C2010-903377-9

Édition publiée par les Éditions Scholastic, 604, rue King Ouest, Toronto (Ontario) M5V 1E1

5 4 3 2 1   Imprimé au Canada 120   10 11 12 13 14

© Sources Mixtes
Groupe de produits issu de forêts
bien gérées, de sources contrôlées
et de bois ou fibres recyclés.
FSC   www.fsc.org Cert no. SW-COC-002520
© 1996 Forest Stewardship Council

Les êtres vivants grandissent.

Les animaux sont des êtres vivants.

Info-vie

Il existe des millions de plantes et d'animaux différents sur la Terre.

Les plantes sont des êtres vivants.

La plupart des animaux ressemblent
à leurs parents.

Info-vie
Contrairement à ce qui n'est pas vivant, les êtres vivants grandissent.

La plupart des plantes ressemblent à leurs plantes-mères.

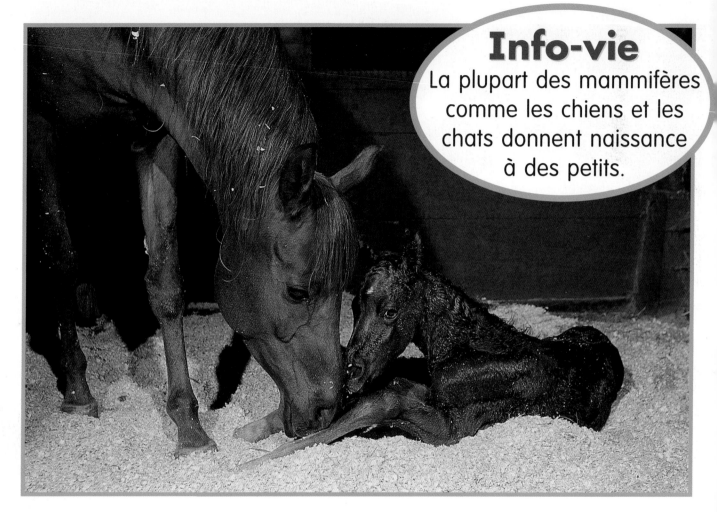

Les bébés de certains animaux naissent déjà formés.

Les bébés d'autres animaux
sortent d'un œuf.

Info-vie

Les insectes changent complètement à mesure qu'ils grandissent.

Certains animaux changent
en grandissant.

D'autres ne changent pas
en grandissant.

La plupart des plantes font des fleurs qui donnent des graines.

Info-vie

Certaines plantes poussent dans la terre. D'autres poussent dans l'eau.

Les graines deviennent de nouvelles plantes.

Les gens sont des êtres vivants.

Tous les êtres vivants ont besoin de nourriture.

Les êtres vivants doivent manger pour grandir.